AF573568

CLEF

DE

LA COMÉDIE DE DANTE.

PARIS. — IMPRIMERIE DE W. REMQUET ET Cie,
rue Garancière, 5, derrière St-Sulpice.

CLEF

DE LA

COMÉDIE ANTI-CATHOLIQUE

DE DANTE ALIGHIERI

Pasteur de l'Église albigeoise dans la ville de Florence, affilié à l'Ordre du Temple,

DONNANT L'EXPLICATION DU LANGAGE SYMBOLIQUE

DES FIDÈLES D'AMOUR

Dans les compositions lyriques, romans et épopées chevaleresques

DES TROUBADOURS.

PAR E. AROUX.

PARIS
LIBRAIRIE DES HÉRITIERS JULES RENOUARD,
rue de Tournon, 6.

1856

Cette Clef est destinée à ceux qui, possédant assez la langue italienne pour lire la *Comédie* dans l'original, voudront se procurer le plaisir d'y rechercher eux-mêmes la pensée du poëte et de la dégager des bandelettes mystérieuses dont il l'a enveloppée. Mais elle ne sera pas non plus inutile à ceux qui font leur étude de la littérature du Midi, puisqu'elle les mettra sur la voie pour éventer une partie des procédés mis en œuvre par les troubadours dans leurs compositions lyriques ou satiriques; mais surtout dans les épopées chevaleresques dont on a voulu, bien à tort, attribuer les premiers essais aux trouvères de la langue d'*oil*. En effet, presque tout leur système d'allégories, tous leurs artifices de style ont été employés par Dante, qui ne cesse de les proclamer ses maîtres et qui devait les effacer. Enfin, elle révélera l'ordre d'idées dont s'est inspiré l'auteur du grand poëme si longtemps proclamé le chef-d'œuvre du génie catholique, à ceux qui n'auront ou le temps ou la patience de suivre dans ses investigations de détail l'auteur de la traduction commentée de la *Comédie*.

CLEF
DE LA COMÉDIE
DE DANTE.

A.

Achan. Exterminé par le Seigneur, comme devra l'être Philippe-le-Bel, pour s'être approprié, dans les dépouilles du Temple, le butin réservé au Seigneur. *Pg.*, xx.

Achille. Frédéric II, fils de l'empereur Henri VI, érigé en Pélée, et de Constance, fille de Roger Ier, la Thétis sicilienne; élevé sous la tutelle du pape Innocent III, travesti en Chiron. *E.*, xii, xxvi et *Pg.*, ix.

Adam. Dante, comme créateur du langage dogmatique substitué au langage érotique des troubadours, qui était devenu suspect à l'Inquisition, et comme époux de l'Église sectaire de Florence, Ève abusée, qui se laissa séduire aux belles paroles de Satan Aleppe. *Pg.*, ix, xi, xxiii, etc. *Voyez* Ève.

Adam (Maître) de Brescia, falsificateur de métaux, personnification des Gibelins ayant faussé leurs serments à l'Empire et à la foi sectaire, désignés sous le nom d'Alchimistes.

Adrien V. Personnifiant l'avarice. *Pg.*, xix.

Affabilité. L'une des quatre vertus cardinales de l'initié sectaire, le seul en qui l'on doive reconnaître la véritable noblesse. *Convito*, iv.

Aglaurus, changé en *pierre*, personnification de l'envie guelfe.

Agneaux. Les membres de l'Église dissidente, innocents et purs, ou Cathares, en opposition aux boucs et aux loups orthodoxes.

Aigle. Symbole de l'Empire et de saint Jean, patron des Templiers; ainsi la même figure pour les deux principes alliés, également hostiles à l'Église romaine.

1.

Ailes. Moyen de progrès ; propulseurs de l'idée ou de l'influence bonne ou mauvaise, selon la nature céleste ou infernale du sujet, c'est-à-dire selon qu'il s'agit d'un esprit sectaire ou orthodoxe.

Albigéisme, Albigeois. Mots introuvables dans *la Comédie*, quand l'idée est partout présente. Nous ne connaissons les doctrines albigeoises que par les rapports des vainqueurs. Peut-être ne tenaient-elles du manichéisme que pour ne pas admettre que le principe de tout bien ait créé le principe de tout mal, en lui laissant libre carrière dans son antagonisme avec lui.

Alchimie. Science qui n'était hérissée de formules si mystérieuses que parce qu'elle se rattachait à l'hérésie, de même que l'astrologie.

Alchimistes. Les apostats ayant faussé leurs serments à l'Empire et à la foi albigeoise.

Alcméon. Frédéric II, faisant payer chèrement à l'Église albigeoise, sa mère, en tirant forcément le fer contre elle, la couronne impériale que lui avait conservée Innocent III, *sventurato ornamento, Pg.*, XII, et, poussé par le pape, *dal padre suo*, afin de ne pas se brouiller avec dame Piété, réduit à se faire impitoyable envers ses coreligionnaires, *per non perder* Pieta *si fe' spietato. Parad.*, IX.

Alecto, Mégère et Tysiphone, personnifiant l'orgueil, l'envie et l'avarice dans les murs de Florence-Dité.

Alexandre. Le pape Alexandre III, en lutte avec Frédéric Barberousse, dans la querelle des investitures. *E.*, XII.

Alexandre-le-Grand. Henri VII, faisant fouler aux pieds par ses soldats le sol embrasé de la Lombardie, révoltée à l'exemple de Brescia.

Alexis Interminei, de Lucques, personnification de la flatterie guelfe. *E.*, XIV.

Ali. Le gendre de Robert II, roi de Naples, ou son fils le prince Jean, tué par le comte Néri de Pise. *E.*, XXVIII.

Alichino. Le prieur florentin Medico Aliotti. *E.*, XXI.

Altri. Mot combiné pour offrir aux initiés les initiales de *Arrigo Lucemburg. Templaro. Romano Imperatore.*

Altrui. En l'orthographiant selon l'écriture du temps, ALTRVI, on retrouve les mêmes initiales que ci-dessus, et de plus : RE VI°, du nom. *Altri, altrui* et *tal* se reproduisent sans cesse dans *la Comédie* avec la même signification.

Aman. Le pape, ministre infidèle, usurpant la puissance d'Assuérus, le monarque universel, roi des rois.

Amate. L'Italie, *patria amata. Pg.*, XVII.

Amour. Celui qui n'aime point, ne connaît point Dieu, dit saint Jean, Ep. I, ch. IV, v. 8 ; car Dieu est amour. L'amour étant, avec la puissance et la sagesse, l'une des trois formes sous lesquelles la divinité est accessible à l'intelligence humaine, devenait ainsi le principe de la religion en antagonisme avec le catholicisme persécuteur, considéré comme une religion de haine. Les paroles du même Apôtre suggérèrent aux sectaires l'idée d'opposer le principe de *vie* au principe de *mort*, les fils du Diable au Fils de Dieu, l'esprit du *monde* et ses princes, à l'esprit du Ciel et à ses Anges, etc.

Amphiaraus. Léopold d'Autriche, qui, sous prétexte du mauvais air, emmena les troupes qu'il avait conduites au siége de Brescia, et abandonna la cause de Henri de Luxembourg. *E.*, xx.

Amphion. Henri VII au siége de Brescia. *E.*, xxxii.

Anges. Les dignitaires de l'Église dissidente, appelés par les Albigeois et les Templiers, très-excellents et purs ou parfaits, c'est-à-dire Cathares. Les fils de Dieu, en opposition aux fils du Diable, *princeps mundi.*

Anges rebelles. Les hauts dignitaires de l'Église catholique romaine. Les cardinaux, *principes terræ.*

Anne (Le pontife). Le père de quelque Vanozza de la cour pontificale. *E.*, xxiii.

Anthée. Le municipe de Bologne, Guelfe par ses membres, Gibelin affilié à la secte, par son chef. *E.*, xxx.

Apocalypse. Personnifiée dans saint Jean, dans l'aigle et dans Lucie.

Apollon. Le soleil, l'astre de la raison, de la lumière, de la vérité.

Aquilon. Vent du Nord, soufflant l'ignorance stupéfiante et les ténèbres de la superstition ; symbole de la guerre des Barbares conduits par Gui de Montfort et les légats romains.

Arachné. Rome tissant les vêtements pontificaux à l'exemple de ceux des païens, et ourdissant des trames ténébreuses en opposition avec la Minerve gnostique, la déesse Raison. *E.*, xvii, et *Pg.*, xii.

Arbres (vifs). Les sectaires.

Arbres (morts). Les catholiques. Les troubadours traitaient les membres du clergé catholique d'arbres *automnals morts.*

Arc. Arme de l'Amour, pour la bouche, qui en offre la forme, et dont la langue est le trait qu'elle décoche, par la parole à double et à triple sens, *triplice saetta.*

Arche. Tombe de pierre dans laquelle feignaient de s'ensevelir les sectaires obligés de dissimuler leur foi ; de là le surnom de Pétrarque, *Petræ-arca,* dont le nom de famille était *Petracco.*

Arche VIe (*Arco*). Contraction du nom de Arrico, Henri de Luxembourg, le septième de son nom, mais le sixième seulement comme empereur. *E.*, xxi, et *Pg.*, xix.

Argenti (Philippe). Personnification de l'esprit florentin, des hommes d'argent de son temps.

Argo (Le navire). Contraction d'*Arrigo,* Henri VII, et par suite symbole du vaisseau de l'Empire, en opposition à la barque de saint Pierre.

Argonautes. Les Gibelins sectaires montant le vaisseau de l'Empire et allant à la conquête de la Toison d'or; autrement dit armés pour arracher au pontife romain sa double puissance, source de ses immenses richesses et de son influence sur le monde catholique.

Argus. Figure de l'Inquisition, surveillant Io ou l'Isis sectaire.

Ariane. L'Église catholique, sœur de Pasiphaé, figure de la cour de Rome, engendrant le Minotaure, moitié homme, moitié brute.

Ariès. Signe céleste, ouvrant l'Équinoxe de printemps, époque des initiations; *blanc* bélier sans tache, en opposition avec le bouc, *noir* et fétide ou le Capricorne, figure des ultra-Guelfes florentins, appelés Noirs.

Arnaud Daniel. Représentant du langage mystique, *clus* ou *car*, dans les romans et dans les compositions en vers des troubadours.

Aruns (L'augure). L'un des membres de la famille Malaspina, alliée des Fieschi de Gênes, qui possédait plusieurs châteaux dans le voisinage de Carrare et sur les côtes de la Lunigiane. *E.*, xx.

Art. Tout l'ensemble des moyens employés pour le triomphe de la foi dissidente, la restauration de l'Empire universel et la ruine de l'Église catholique.

Art d'Amour, ou *gaie science, gai savoir*. La poétique des troubadours de la langue d'*Oc*, consistant à voiler les pensées sous des images, et à donner aux mots une acception différente de leur sens usuel, ce qui s'appellait *parler clus, car, couvert,* honnête, courtois.

Artus (Le roi). Personnification de l'Empire universel dans les romans du Saint-Graal, c. à. d., du Saint-Vase ou du Saint-Temple.

Asdent. Masque déguisant en savetier, diseur de bonne aventure, Ghibert de Coreggio, seigneur de Parme.

Assuérus. Le monarque universel recouvrant sa puissance usurpée par un ministre prévaricateur. *Pg.*, xvii.

Astres. Sphères symboliques figurant les différents grades de l'initiation sectaire et, à ce titre, affectées à chacune des branches des connaissances humaines, enseignées en dehors des écoles orthodoxes.

Athamas. Personnification des fureurs de Brescia, révoltée contre Henri VII. *E.*, xxx.

Athènes. Ville de savoir et de philosophie, en opposition à Rome, ville de l'ignorance et de l'autorité. L'Athènes céleste devait, selon le vœu de Dante, voir philosopher d'accord les doctes de toutes les écoles. *Convito.*

Aurore. Il y en a deux : L'une, l'Église romaine, concubine déjà sur l'âge du Vieux de l'Ida; ses roses fanées sont les fleurs rouges des Florentins et ses lis jaunis les lis français. *Pg.*, ii.—L'autre, l'amante de Céphale (tête) du chef, du grand Maître venu de l'Orient, est l'Église sectaire, *blanche* et coquette, se montrant, parée de perles, au seuil de l'Orient, mais affectant les dehors orthodoxes, au moyen d'un diadème offrant la forme d'un scorpion au *double dard*, lançant son venin *mortel* avec sa queue. *Pg.*, IX.

Augures. Les propagateurs de mauvaises nouvelles, jetant le découragement dans les rangs de Henri VII. *E.*, XX.

Avarice. Apanage exclusif de Rome, en opposition à la libéralité, *larghezza*, partage de l'âme noble ou de l'initié sectaire. *Convito*, IV. La géante Ériphile de l'Arioste chevauchant un loup dans les jardins de la vieille magicienne, affectant dans ses vêtements la couleur *ch' i vescovi e i prelati usano in corte*, symbolise à ne pas s'y méprendre l'avarice de la cour romaine.

Aveugles. Ceux qui suivent la loi de l'Église. *Pg.*, XIII.

B.

Babylone. Rome, réceptacle de toutes les corruptions.

Barattieri. Les fonctionnaires prévaricateurs et, plus particulièrement, les Noirs florentins. *E.*, XXI.

Barbariccia. Le gonfalonnier de justice, Jacopo Ricci, appelé familièrement le *barba* ou le père Ricci. *Ibid.*

Béatrice. La pensée-verbe de Dante, sa foi sectaire, son âme et son esprit personnifiés; Ennoïa réunissant, sous ce nom-épithète, les attributs de la Raison, de la Vérité et de la Liberté. La même, sous les noms divers de Laure, de Lucie, de Fiammetta, de l'Étoile d'Orient ou de Syrie, de la Fleur ou de la Rose par excellence, avec toutes les épithètes que pouvait inspirer l'emphase mystique aux fidèles d'Amour. Conformément à la formule rituelle des Francs-maçons, *j'ai pleuré et j'ai ri*, Béatrice pleure dans l'Enfer et dans le Purgatoire; elle est rayonnante de joie dans le Paradis, où son rire ne cesse de la faire resplendir.

Bélier. *Voy.* Ariès.

Belzébuth. Le pontife romain.

Bertrand de Born. Représentant du langage politique chez les troubadours provençaux. *E.*, XXVIII.

Bice. Nom mystérieux qui paraît être une syncope de Béatrice, mais qui, en réalité, donnant les initiales de Béatrice, de Iesu Cristo et d'Enrico, ou B. I. C. E, résume la foi politique et religieuse de Dante.

Bien (souverain, *sommo bene*). Dieu, au point de vue sectaire, toute bonté, toute justice, tout amour; et l'Empereur, son représentant sur la terre, *Ben*, donnant Béatrice et Enrico, B. EN.

Bien. Tout ce qui dérive de l'un ou de l'autre.

Blancs. Faction de juste-milieu dans Florence, visant à la conciliation de ceux, parmi les Guelfes et les Gibelins, qui étaient d'accord pour désirer une réforme religieuse; ayant pour adversaire la faction ultra-guelfe des Noirs, ne jurant que par le pape armé de la double puissance temporelle et spirituelle.

Bonagiunta (de Lucques). Représentant de l'ancien langage érotique en Italie. *Pg.*, XXIV.

Boniface VIII. Damné par avance, *E.*, XIX, comme simoniaque; ch. XXVII, comme profanateur; *Pg.*, XX, comme en horreur à toute la chrétienté, dans ce vers à double sens : *Che ciascun suo nemico era cristiano*, Tout chrétien était son ennemi. Signalé enfin comme mort au milieu des larrons, parce que, transporté dans Rome, après l'attentat d'Anagni, il rendit le dernier soupir entouré des cardinaux, *vivi ladroni*, dit l'*Ott. Comm.*

Boucs. Les Noirs florentins.

Briarée. Philippe-le-Bel. Désigné tout à la fois, comme *lié* et comme *légat* par le mot *legato;* ce qui semblerait indiquer qu'il aurait obtenu ce titre de Clément V, pour n'être pas en reste avec Robert II, investi de ces fonctions en Sicile. Là se trouverait l'explication de la manière expéditive dont procéda ce prince à l'égard des Templiers, sans consulter le pape que pour la forme. *E.*, XXXI. *Pg.*, XXXII.

Brebis. Bêtes *inférieures* et *haïssables*, dit Dante (*Convito*), obéissant stupidement au pasteur: les chrétiens orthodoxes.

Brutes. Les catholiques, attendu qu'ils font abnégation de leur raison pour se soumettre à l'autorité.

Brutus. Le parti des Noirs florentins, comme complices de l'empoisonnement du César Henri VII. *E.*, XXXIV.

C.

Cacus. Le prince Jean de Naples, fils de Robert II d'Anjou, tenant, comme Guelfe, de l'homme et de la brute. *E.*, XXV.

Caïn. Type des pontifes, meurtriers de leurs frères, d'où le nom de Caïne, affecté au séjour de Lucifer, personnification de la Papauté.

Caïphe. Clément V, désigné sous ce nom comme ayant trempé dans la mort du Juste, en se rendant complice de l'empoisonnement de Henri VII. *E.*, XXIII.

Calchas et **Euripyle.** Les deux frères, Antoine et Bassano Fisilaga.

Calisto. Fille de Lycaon, changé en loup, changée elle-même en ourse, l'Église romaine. *Pg.*, XXV.

Can, Mastino. Noms donnés à deux membres de la famille de la Scala, de Vérone, en leur qualité de chefs de la secte en Lombardie, par allusion au Khan des Tartares; les hérétiques étant désignés sous le nom de Tartarins. De là les paladins tartares de l'Arioste, et le fameux prêtre Jean, de la Grande-Tartarie, ou le patron du Grand-Orient. De là le *Veltro* ou limier, destiné à donner la chasse à la *louve*.

Cana (Noces de). Banquet de l'Amour, d'où sont exclus les Guelfes, aveugles privés de la lumière du soleil de la Raison, qui vont chercher des indulgences à Rome. *Pg.*, XXII.

Capanée. Tebaldo Brissato, créé prince par Henri VII, dont il avait d'abord embrassé le parti, fit ensuite révolter Brescia. Dès lors, cette ville devint une autre Thèbes en rébellion contre le Jupiter impérial, le Dieu des Gibelins, leur Messie. *E.*, XIV.

Capocchio. Personnification des félons qui faussèrent leurs serments à l'Empire et à la secte, désignés sous le nom d'Alchimistes, pour avoir changé l'or en plomb.

Capricorne. Le bouc, noir et fétide, symbolisant le parti des Noirs, en opposition au bélier, blanc et sans tache.

Caron, *Vecchio bianco*. Très-probablement Vieri des Cerchi, le vieux blanc hargneux qui, tout en grondant, fit traverser à Dante le Rubicon ou l'Achéron, c'est tout un, et quitter définitivement la bannière guelfe pour celle des Gibelins. *E.*, III.

Cassius. Philippe-le-Bel, comme complice de l'empoisonnement du César Henri VII.

Castruccio Castracani. Annoncé sous le titre d'initié ou de *Dame* dégagée des préjugés orthodoxes, *che non porta benda,* comme le vengeur prédestiné des injures de Dante sur les Florentins, dont il humiliera cruellement l'orgueil. *Pg.*, XXIV.

Caton d'Utique. Figure symbolique d'un mysticisme très-compliqué, dont la combinaison est expliquée en détail par Dante, dans le *Convito,* et représentant le Dieu Amour sous l'aspect du fameux *Baphometus* des Templiers. *Pg.*, I, II.

Centaures. Personnification guelfe, tenant de l'homme et de la brute.

Cerbère. L'esprit persécuteur des Guelfes, résidant plus spécialement dans trois têtes, Tebaldo Brissato, Corso Donati et Cante Gabrieli, comme aussi dans les trois Ordres religieux chargés tour à tour ou contemporainement du ministère de l'inquisition, à savoir les Bénédictins, les Franciscains et les Dominicains.

Chien, Chiens. Brutes hargneuses se jetant sur le faible et le pauvre; expression de mépris employée pour désigner les membres de l'Église orthodoxe. L'épithète de Chiens est presque toujours à entendre dans le sens de païens ou de mécréants ; il n'est fait d'exception que pour le limier, *veltro*, qui donne la chasse aux loups ennemis du troupeau sectaire.

Chariot (Constellation du). Tantôt le Saint-Siége, tantôt le char impérial, *basterna, caroccio, carro.*

Chaleur. L'influence bienfaisante de la doctrine albigeoise et du gouvernement impérial universel.

Charlemagne. Type du monarque universel dans les romans de ce cycle, composés originairement dans les pays de langue d'*oc* ou *limosine*, comme l'Aragon, la Catalogne et la Galice. La fameuse chronique du faux Turpin était très-probablement originaire de ce dernier pays. Cette figure de Charlemagne paraît le plus souvent copiée sur les empereurs d'Allemagne, n'agissant guère par eux-mêmes et commandant sans être obéis.

Chevaliers. Dignitaires de l'Ordre occulte, figurant dans les romans des divers cycles sous les noms de chevaliers du Soleil, de l'Aigle blanche et noire, du Cygne, Rose-Croix, du Temple ou Templistes, etc., titres encore usités dans la Maçonnerie.

Chrétiens. Les fidèles d'Amour ou ceux qui suivaient la doctrine albigeoise, en opposition aux catholiques.

Christ. L'Oint du Seigneur, le Messie, le Rédempteur espéré de l'Italie, l'Empereur, qui devait ravir au pontife romain les deux pouvoirs temporel et spirituel, et rétablir la monarchie universelle.

Chiron. Le pape Innocent III, à qui Henri VI avait recommandé en mourant son fils, âgé de quatre ans, et que ce pontife fit élever sous sa tutelle, en le couvrant de son puissant patronage contre ses compétiteurs; mais Innocent III avait proclamé la croisade contre les Albigeois et excommunié l'Achille de la secte, ce n'était plus que le plus grand des Centaures. *E.*, XXII. *Pg.*, IX.

Circé. L'Église romaine changeant les hommes en brutes.

Cléopatre. La cour de Rome, toute sensuelle.

Clef. La parole qui ouvrait l'esprit à l'intelligence, à l'aide de l'allégorie, appelée vérité mixte, parce que la vérité s'y mêlait à l'erreur, comme le noir au blanc dans le pavé mosaïque du temple; on appelait la clef d'argent, celle qui expliquait l'allégorie, en ne faisant jaillir qu'en partie le sens politique ou mystique; celle qui manifestait la vérité pure était la clef d'or; le tout en opposition aux clés de saint Pierre.

Cocyte. Fleuve formé des larmes que fait verser à flots dans le monde le gouvernement théocratique, représenté sous la forme d'un vieillard à la tête d'or, au pied d'argile.

Colchos. Rome, dont le souverain possédait la Toison-d'Or, que les Argonautes de la secte cherchaient à lui ravir.

Colombe. Figure de l'esprit d'amour, de l'intelligence sectaire.

Couleurs. Chaque couleur avait sa signification symbolique; il en était de même des fleurs, des métaux, et des diverses substances; ce qui constituait l'Alchimie.

Courtoisie. Mot dérivé de cour, comprenant tout ce qui, dans les actes, les pensées et le langage se rattachait aux opinions impérialistes et sectaires, équivalant à *noblesse, nobiltà,* en opposition avec *villania*, grossièreté, ignobilité de manière de penser, de parler et d'agir, apanage des Guelfes orthodoxes. *Convito.*

Crassus. Allusion aux pontifes s'abreuvant de sang et s'en montrant toujours plus altérés.

Crête, Creti pour Creta, dans *la Comédie* et dans le *Convito,* IV, probablement avec l'intention de désigner le chef de l'Église romaine comme le chef des hérétiques; *Creti* offrant une sorte de contraction renversée de *retici.*

Curion. Masque destiné à rappeler le rôle joué par Dante à l'égard de Henri VII, qu'il pressa de marcher sur Florence, en lui citant l'exemple de César passant le Rubicon. *E*, XXVIII. *Voir* sa lettre à ce prince.

D.

Dames. Les initiés du templarisme albigeois qui, par un dédoublement mystique de l'âme et du corps, étaient censés avoir les deux sexes, hommes en tant que corps et forme matérielle, femmes en tant qu'intelligence et pensée libre des liens de la matière.

Dames florentines. Les Templiers apostats qui furent les premiers à déposer contre l'Ordre, dans l'enquête ouverte à Florence. *Pg.*, XXIII.

Damiette. Ville d'Égypte, pour l'Orient, d'où dérivait l'Albigéisme avec la Gnosis et le Néoplatonisme alexandrin.

David *alzato trescando.* Type des pontifes élevés par les artifices du langage, la ruse et l'intrigue, ce que signifie *tresca* en même temps que danse. *Pg.*, X.

Deidamie. La secte albigeoise, veuve de Frédéric II, son Achille.

Déjanire (Tunique de). Déguisement orthodoxe, imbibé de venin hérétique, destiné à venger la secte albigeoise de ses bourreaux.

Denis (faux Aréopagyte). Son livre, inspiré par le mysticisme néoplatonique, opposé ironiquement à la classification des anges, selon saint Grégoire.

Denis (tyran de Syracuse). Charles d'Anjou, dont la tyrannie suscita les Vêpres Siciliennes. *E.*, XII.

Diane, Délie, la lune, la triple Hécate. Figure de la Papauté à la triple couronne, mobile comme elle, régnant comme elle dans les ténèbres, astre de l'erreur, aux rayons sans chaleur, en opposition au soleil de la Raison, qui éclaire, réchauffe, vivifie ceux que l'influence contraire a glacés du froid de la mort.

Didon. Type de l'Église, infidèle au Christ son époux, comme la reine de Carthage à la mémoire de Sichée.

Diomède. Henri VII blessant à la main, dans sa puissance temporelle, la Papauté, cette Vénus terrestre, cette Pandemos, dont la Louve est le symbole ; le compagnon d'Ulysse-Dante pour arracher à Rome son palladium. *E.*, xxvi.

Dité. Florence habitée par les Furies et dominée par les Noirs. *E.*, xi.

Domitien. Innocent III provoquant la croisade contre les Albigeois. *Pg.*, xxii.

Donneare. Dans la langue d'*oc*, *domnejar*, agir en initié, en fidèle d'Amour, en maître ès *gai savoir*. Les savants vous diront que ce mot signifie seulement courtiser les dames, faire le galant, se *damoiser* ; à l'endroit, oui ; mais à l'envers ?

Draghinazzo. Betto Brunelleschi, l'un des syndics des Noirs florentins, se déchaînant en dragon contre ses anciens frères. *E.*, xxi.

Dragon (de l'Apocalypse). L'ambition insatiable des pontifes faisant du Saint-Siége le tonneau des Danaïdes. *Pg.*, xxxii.

Droite. Côté du droit, de la rectitude, de la vérité, de la raison.

E.

Eaque. Frédéric Barberousse, qui, en dépit de la peste d'Egine ou de l'influence catholique, releva les espérances des sectaires et les aida à réparer leurs pertes, au point de se voir en plus grand nombre qu'auparavant. *Convito*, iv. *E.*, xxix.

Eau. Figure de l'enseignement et de la doctrine qu'il est destiné à répandre. En conséquence, l'eau vive, claire et limpide symbolise la doctrine sectaire ; les eaux noires, troubles, stagnantes, roulant des flots embrasés ou sanglants, sont les croyances et les prédications de l'Église orthodoxe, d'où dérivent dès lors tous les fleuves infernaux. Les sources, les fontaines, les lacs, les rivières, abondent dans toutes les épopées chevaleresques, parce que la chevalerie est essentiellement albigeoise, avec tout ce qui se rapporte aux Cours d'Amour.

Échelle de Jacob. L'échelle des grades sectaires.

Égypte. Rome, *pays barbare* où la raison est esclave de l'autorité.

Elsa. Rivière de Toscane, dont la vertu pétrifiante est comparée au catholicisme. *Pg.*, xxxiii.

Enée. Représentant du droit des Romains à l'Empire universel, comme héritiers des Troyens.

Ephialte (Le géant). Robert II, roi de Naples, allié de Clément V et de Philippe-le-Bel, Briarée. *E.*, XXX. Prince peu guerrier et, par ce motif, surnommé la reine Berthe, représenté, à l'aide du mot *legato*, tout à la fois comme incapable de se mouvoir sans l'aveu du Saint-Siége, et comme son légat, les rois de Pouille en exerçant les fonctions en Sicile.

Epicuriens. Nom philosophique sous lequel étaient désignés les Guelfes affiliés à la secte albigeoise.

Eresichton. Puni d'une faim dévorante, pour avoir violé les mystères de Cérès; il personnifie l'indiscrétion chez les adeptes de la secte. *Pg.*, XXIII.

Eriphyle. Épouse vénale, livrant Amphiaraüs pour un collier, comme l'Église trafique du sang de l'Époux. *Pg.*, XXII. Celle de l'Arioste chevauche un loup sur lequel elle se pavane vêtue de pourpre, comme un cardinal.

Erychtone. La secte albigeoise rappelant à la vie de l'Amour les morts catholiques. *E.*, IX.

Esprit. *Mente,* la partie la plus élevée de l'intelligence dans laquelle régnait Beatrice, *donna della Mente.*

Esther. L'Église sectaire, épouse du Monarque universel, Roi des rois, comme Assuérus, le poussant à reprendre son pouvoir usurpé par l'Aman pontifical. *Pg.*, XVII.

Été. Le temps où triomphe l'influence sectaire, toute lumière et toute chaleur.

Etourneaux. Oiseaux au plumage mélangé de blanc et de noir; figure de ceux qui, par faiblesse et pour des motifs d'intérêt, étaient passés des Blancs aux Noirs. *E.*, V.

Ève. L'Église sectaire, dans Florence, se laissant séduire par le serpent pontifical et lui livrant le fruit défendu dans les secrets du langage occulte; entraînant dès lors la perte de Dante, qui se désigne ainsi comme le pasteur de l'Église nouvelle, époux de cette Ève qui, *testè formata,* ne voulut pas garder les voiles qui la couvraient, et, livrant tous ses secrets, *non sofferse di star sotto alcun velo,* agit comme ces *dames florentines* montrant sans rougir *colle poppe il petto. Voir* ce mot. *Pg.*, VIII, XII, XXIV, XXVIII, XXX, XXXII.

Eunoë. Cours d'eau vive, symbolisant la pure doctrine de l'Église albigeoise. On y buvait l'Amour. C'est là la source où venaient s'abreuver tant de dames et de chevaliers, les Roland, les Renaud et la belle Angélique. *Voy.* Léthé.

F.

Farinata des Uberti. Personnification héroïque du Gibelin non affilié à la secte et n'agissant que dans un intérêt politique. *E.*, vi, x.

Faussaires. Ceux qui faussèrent leur foi, leurs serments à la secte albigeoise ou à l'Ordre du Temple, comparés aux faux-monnayeurs, aux alchimistes.

Feltre. Mot employé de manière à être entendu dans le sens de ville et de montagne, en même temps que dans celui de feutre, *feltro,* drap ou draperie. *E.*, i.

Fiesole (Brutes de). Les Florentins orthodoxes, partisans du Saint-Siége.

Foi (Notre). Celle des Albigeois et des Templiers.

Foi, Espérance et **Charité.** Les trois vertus dogmatiques des sectaires, qui les avaient en grande estime et les entendaient nécessairement à leur manière. Leur Amour n'était que Charité; mais on a préféré voir en eux des amoureux transis, soupirant pour une inhumaine aux incomparables perfections, jusqu'à quatre-vingts ans et plus. On l'a cru, *quia absurdum.*

Force. L'une des quatre vertus cardinales constituant la Noblesse chez les initiés sectaires. *Convito,* iv.

Forêt. Le monde social dans lequel l'humanité végétait sous la loi de Rome, la *selva selvaggia;* Naples, la Toscane, et les États romains, repaires de bêtes fauves.

Fortune. La puissance mobile et capricieuse des papes, faisant passer à leur gré, les couronnes, les biens, les grandeurs, de race à race, de peuple à peuple, de famille à famille, exerçant la justice au hasard, poussant capricieusement la cour de Rote, comme l'aveugle déesse fait tourner sa roue, *rota. E.;* vii.

Francesca de Rimini et son amant. Figure géminée, symbolisant l'hermaphrodisme mystique des fidèles d'Amour, forcés de se laisser entraîner, sous la conduite de la prostituée de Babylone, à la bourrasque infernale déchaînée par ce Lucifer qui fait son séjour dans Caïne, comme meurtrier de ses frères. Malheureux réduits à apostasier leur foi, par faiblesse de cœur et en vue d'intérêts matériels, pécheurs charnels, dès lors, *peccatori carnali. E.*, v.

Frère, *frate.* Dans le sens de membre du même Ordre, de la même confraternité religieuse; titre dont on se salue dans les sociétés secrètes.

Froid. L'influence stupéfiante, mortelle du catholicisme.

Fumée. L'atmosphère dans laquelle sont réduits à vivre ceux que leur foi laisse exposés au courroux pontifical ; atmosphère amère et souillée de sang. *Pg.*, XVII. *Voy.* dans le *Roland furieux* l'épisode de Lydie, ch. XXXIV.

Furies. L'Orgueil, l'Envie et l'Avarice dont l'influence dominait dans Florence et faisait de cette ville de banquiers l'alliée constante de la cour de Rome.

G.

Gaia. La gaie science, sous le nom d'une jeune femme de Trévise, dont Ghérard de Camino aurait été le propagateur dans cette ville, et comme le père, de même que Raymond Béranger, déguisé sous le nom de Tirésias, le père de l'Église albigeoise, sous le nom de Manto. *Pg.*, XVI.

Gale. *Rogna,* lèpre, la foi orthodoxe, assimilée également à la peste, à une écume impure, *antica schiuma*. *E.*, XXIX.

Ganélon, comte de Mayence. Type de la trahison dans les romans du cycle de Charlemagne.

Ganymède. Type de l'initié emporté au Ciel sur les ailes de l'aigle impérial, cet oiseau de saint Jean, patron du Temple et des Maçons.

Gauche. Côté de l'iniquité, de l'erreur, du mensonge.

Géants. Les rois, princes et municipes alliés du Saint-Siége. Dans les romans de chevalerie, où ils abondent, ce sont les *hauts* et puissants seigneurs ou chevaliers félons dévoués à Rome. *E.*, XXX.

Gémeaux. Constellation, symbole de l'initié, être géminé, âme et corps, comme Dante et Béatrice, Paul et Francesca, vivant dans les ténèbres de l'enfer au milieu des catholiques, et retrouvant le ciel et la lumière au milieu de ses frères en religion.

Genèvre. Personnification de Genève donnant asile aux Vaudois et aux Albigeois, dame calomniée de Dante arien, Ariodante.

Géryon. La politique pontificale, aux menées frauduleuses, aux atteintes envenimées, armée, dans les deux puissances, d'un double dard comme la queue du scorpion. *E.*, XVII.

Ghisola (La belle). Personnification de Bologne livrée à l'influence d'Azzo d'Este, marquis de Ferrare. *E.*, XVII.

Gibelins. Partisans de l'Empire, appartenant plus généralement à l'aristocratie ; divisés en plusieurs nuances, les uns affiliés à la secte albigeoise, d'autres conservant fidèlement les croyances orthodoxes, beaucoup se contentant d'une réforme religieuse.

Gomorrhe. La cour de Rome.

Glaive à double tranchant. Le langage symbolique ne portant que des coups indirects, éclairant les uns et éblouissant les autres.

Gorge (Péché de la gorge, *gola*). Crime de ceux qui révélaient, par trahison ou par indiscrétion, soit les mystères, soit le langage des dissidents; tel était le péché des dames florentines (Templiers) étalant effrontément leur gorge. *E.*, VI. *Pg.*, XXIII.

Gorgone. L'Église romaine, bâtie sur Céphas, à qui Jésus disait : « Tu es *pierre*, » et par suite changeant en *pierres* ceux sur qui s'exerçait son influence stupéfiante. *E.*, IX.

Graffiacane. Massajo des Raffacani, l'un des syndics des Noirs, sous la figure d'un démon. *E.*, XXI.

Grec (Faux). Philippe de Savoie, seigneur de Turin, s'intitulant prince d'Achaïe, comme ayant épousé Isabelle de Villehardouin.

Grecs. Les transfuges, ayant un pied chez les Gibelins, et l'autre chez les Guelfes, comme les Grecs en Europe et en Asie.

Griffolino d'Arezzo. Condamné par l'Inquisition, et brûlé comme Patérin; coupable probablement d'avoir révélé dans les tortures les secrets de la secte. *E.*, XXIX.

Griffon. Animal symbolique, tenant du lion et de l'aigle, de la terre et du ciel, figure des deux pouvoirs, temporel et spirituel, appartenant de droit au chef de l'Empire universel, thèse soutenue publiquement dans l'université de Bologne. *Pg.*, XXXII *et suiv.* De cette figure symbolique, l'Arioste a fait, d'une part, les deux frères jumeaux, Aquilant le *blanc* et Griffon le *noir*, puis, de l'autre, l'Hippogriffe, monture du vieil Atlas, l'homme ou la montagne de pierre, le Chiron d'un autre Achille, Roger, Normand-Sicilien, comme le pupille d'Innocent III; chacun sait qu'Atlas est un vieux magicien qui, à l'aide de son bouclier fascinateur, trouve moyen de stupéfier et de retenir captifs, princes, dames, chevaliers; or, qu'on se rappelle la Gorgone, et celle qui, sous ce nom, dominait dans Florence-Dité.

Grues. Oiseaux voyageurs, au plumage mêlé de blanc et de noir, symbolisant l'apostasie des Blancs passés aux Noirs.

Guelfes. Partisans du Saint-Siége, défenseurs des libertés municipales, et en conséquence hostiles à l'Empire, se recrutant plus généralement parmi le peuple, divisés, comme les Gibelins, en nuances analogues, à savoir, Guelfes sectaires, affiliés aux dissidents, Guelfes ultra-papistes, et Guelfes désireux de réformes dans l'Église, dont les scandales les alarmaient. La faction guelfe subissait l'influence de l'aristocratie d'argent, qui faisait de grands bénéfices avec la cour de Rome, par la banque, par l'industrie de luxe, par les fournitures militaires et les armements maritimes pour les Croisades.

Guidoguerra (Le comte). Affilié à la secte albigeoise, quoique Guelfe, et par suite, opérant dans ses actes politiques, en sens opposé de la direction qu'auraient dû lui imprimer ses opinions religieuses, s'il eût été conséquent avec lui-même. *E.*, XVI.

H.

Harpies. Les Ordres monastiques. *E.*, XIII. Dans le *Roland furieux*, ch. XXXIII, st. 102, 106, Astolphe, représentant de l'Église dissidente d'Angleterre, comme Zerbin, l'amant d'Isabelle, princesse de Galice, ce pays cher aux pèlerins albigeois, est le représentant de l'Écossisme, délivre des persécutions des Harpies, à l'aide de son cor enchanté, symbole de la prédication à la parole puissante, un prince d'Orient, nommé le Sénape, autrement dit *sénateur-pape*, ou Empereur-Pontife. Ce monarque a pour sceptre la croix, *in loco tien di scettro la croce;* ses sujets sont baptisés, non par l'eau, mais par le feu, comme Guinicelli et Dante, *al battesmo usano il fuoco.* Il a nom le prêtre Jean. Or, ce roi-pontife, sur lequel on a débité tant d'absurdités, en le cherchant un peu partout, n'est autre que le Khan des Tartarins, ce grand-maître du grand-orient, que tourmentaient beaucoup les prédicateurs des divers Ordres, surtout les Dominicains, en l'empêchant de distribuer le *pain des Anges* et de s'en nourrir lui-même, sans s'exposer à mille avanies. En effet, les deux premières strophes du chant suivant disent en propres termes que ces « gloutones Harpies, dévorant en un repas ce qui suffirait à des familles entières, réduites à mourir de faim, ont été déchaînées sur l'Italie aveuglée, *accecata,* en châtiment de ses erreurs, » c'est-à-dire de son aveuglement.

Hébreux. Tantôt les fidèles d'Amour, comme peuple élu; tantôt les catholiques, comme peuple maudit, ayant versé le sang du Messie.

Hécube. La secte réduite au désespoir par la triste fin de l'Église albigeoise, ou Polixène, égorgée dans le Temple, et par le supplice des Templiers, l'innocent Polidore. *E.*, XXX.

Hélice ou Calisto changée en ourse. Figure de la Papauté se prostituant au paganisme, personnifié dans Jupiter. Constellation du Nord, dont le froid glacial engourdit l'intelligence. *Pg.*, XXV.

Héliodore. Clément V, livrant le Temple à Philippe-le-Bel, comme le Pontife juif à Séleucus. *Pg.*, XX.

Hélitropie. Pierre fantastique, analogue à la pierre philosophale et au chaton de l'anneau d'Angélique, symbole de la raison parlée dans le langage sectaire, qui la rendait invisible aux profanes. *E.*, XXIV.

Hermaphroditisme. Figure mystique exprimant la réunion et le dédoublement de la matière et de l'esprit, du corps et de l'intelligence, chez les initiés aux mystères de la secte albigeoise. *Pg.*, XXVI. Même symbole dans les Gémeaux.

Hérode. Le pontife romain ordonnant le massacre des innocents.

Homme riche. Le pape enrichi par la donation de Constantin, qui fit *il primo ricco padre.*

Honnête (Parole). Le langage symbolique des initiés.

Hui. Pour *oïme*, hélas. Lisez H.VI, ou Henricus VI, dont ce mot inusité donne les initiales pointées. *Pg.*, XVI.

Humble. Tout ce qui se rattache à l'Église romaine, en réalité ou en apparence; ainsi l'*humble* Italie, l'*humble* Béatrice, selon qu'elles sont ou se feignent orthodoxes. *Vit. nuova*.

Hypocrites. Les Guelfes orthodoxes et les chefs de l'Église, affectant les dehors de l'amour et du dévouement envers ceux dont ils préparaient la ruine.

Hyver. Le temps où domine l'influence catholique.

I.

Ida. L'une des hauteurs qui dominent la ville de Rome.

Iniquité. Tout ce qui émane de l'autorité orthodoxe.

J.

Jason. Masque sous lequel Dante se représente rompant avec l'Église (Médée, cette marâtre qui massacre ses enfants); affilié dans Bologne (Lemnos) à la foi sectaire, qui le fait s'éprendre de la langue érotique (Hypsypile), laquelle, fécondée par lui, produit ses compositions lyriques, et est abandonnée à son tour pour la langue dogmatique (Creuse, fille de Sisyphe, condamné à rouler sa *pierre*). *E.*, XVIII.

Jason (frère d'Onias). Figure de Clément V, pour avoir acheté de Philippe-le-Bel, nouvel Antiochus, sa nomination au pontificat et l'avoir payée avec les dépouilles du Temple. *E.*, XIX.

Jean-Baptiste (Saint). Patron des Templiers, personnifiant l'Apocalypse et l'Évangile de l'Amour, base de l'Albigéisme, symbolisé lui-même sous la figure de l'aigle et sous celle de Lucie, lumière révélée. *Pg.*, IX, XXIX.

Jérusalem (Nouvelle-). La réalisation de l'utopie sectaire; la constitution définitive de la cité, d'après les nouveaux principes d'organisation sociale à mettre en œuvre par l'Albigéisme templier.

Jésus. Le Sauveur, le Messie, le Rédempteur impérial, crucifié dans Henri VII.

Joseph. Dante innocent, calomnié par la Putiphar romaine. *E.*, XXX.

Josué. Tantôt figure de l'Empereur, comme vainqueur des Amalécites ou punissant Achan, tantôt de la Papauté, comme arrêtant le soleil dans son cours.

Judas. Le frère Bernard, du couvent de Montépulciano, accusé d'avoir empoisonné Henri VII dans une hostie. *E.*, XXXIV.

Judecca. Séjour de l'auteur de tout mal, de Satan ou Lucifer, personnifiant l'édifice catholique, et réunissant autour de lui tout ce que la trahison a de plus immonde.

Jugement dernier. Le jour, toujours promis aux sectaires, où l'Empereur universel, restauré dans sa toute-puissance, devait, comme *summus judex* investi de la *potestas*, exercer sa justice souveraine, prononcer la sentence des Guelfes *morts* et des Gibelins *vivants*, constituer la nouvelle Jérusalem, et rétribuer chacun selon ses œuvres, en rendant les pauvres riches et les riches indigents, autrement dit, accomplir une révolution sociale. *Paradis*. *Convito*.

Juifs. Comme peuple élu, les sectaires, comme race maudite, les croyants orthodoxes.

Jupiter. Tantôt figure du monarque universel, tantôt du pape lançant les foudres de l'excommunication.

Justice. Attribut de la puissance souveraine, dévolue à Dieu, dans le ciel, et à l'Empereur, monarque universel, sur la terre, comme représentant de Dieu; la plus haute expression du droit, appelé *potestas* par les juristes. L'une des quatre vertus cardinales constituant la noblesse chez les adeptes. *Convito*, IV.

L.

Lancelot. Comme chevalier du Saint-Graal, membre de l'Ordre du Temple, préposé à la garde du vase saint, tabernacle de la lumière, et ne la rendant accessible qu'aux élus. Tous les romans de ce cycle, qu'on en soit convaincu, composés pour la glorification des Templiers, sont d'origine albigeoise. La dame du lac (aux eaux vives), fée bienfaisante; Mélusine, la femme serpent, à la *basterna* attelée de reptiles, l'enchanteur Merlin, *cadavre vivant*, rendant des oracles du fond de sa tombe de *pierre*, sont évidemment des figures d'origine albigeoise, brodées sur fond légendaire saxon. Il faut toute la préoccupation de la lettre, chez les déchiffreurs de vieux manuscrits, pour qu'une littérature entière soit passée sous leurs yeux sans qu'ils y aient vu autre chose que des contes à dormir debout, obtenant une vogue européenne, et des amours d'une pureté angélique à servir de modèle aux races futures.

Larmes. Signes extérieurs de papisme.

Larrons. Ceux qui employèrent des moyens frauduleux ou violents pour voler des âmes à l'Église albigeoise.

Latin (Langage). Celui des sectaires en opposition à la langue rituelle de l'Église.

Latin (Pays). Les contrées où l'hérésie comptait de nombreux adeptes, comme la Lombardie. Bologne, la Romagne.

Lavinie. Personnification de Rome, sous le rapport temporel, attendu que de la fille de Latinus dérivait tout droit légitime sur l'*ager* romain. *De Monarch*.

Lemnos. Bologne, où poussés par dame Piété, les Guelfes, ces femmes crédules, avaient livré à la Mort romaine les mâles Gibelins. *E.*, xviii.

Léthé. Le fleuve dans lequel les néophytes étaient censés plongés pour y boire l'eau d'oubli, qui leur faisait répudier leur passé catholique. Ces fontaines, si nombreuses dans les romans de chevalerie et qu'on retrouve dans l'Arioste, où s'abreuvaient les fidèles d'Amour et qui les enflammaient ou les glaçaient selon leur nature secrète, dérivent, comme on le voit, de la même source et des pays de langue d'*Oc*.

Lia. Figure de la vie active de l'initié sous forme biblique, de même que Mathilde sous forme catholique.

Libéralité. Ou largesse, l'une des quatre vertus cardinales de l'initié sectaire. *Convito,* iv.

Lion. Figure de la puissance française, orgueilleuse et cruelle, obéissant à l'impulsion d'un courage brutal, tour à tour avide et généreuse.

Lombard (Marc). Le célèbre voyageur vénitien, Marc-Paul, *aulicus et nobilis homo* (*Post. Caet.*), bien venu, à raison de ses opinions sectaires et de ses connaissances variées, acquises dans ses excursions en Asie, de Can de la Scala, le grand Khan des Tartarins de Lombardie ; connaissant le *monde* et ses *princes*. *Pg.*, xvi.

Lombard (Parler). Le langage symbolique des sectaires, plus nombreux en Lombardie que partout ailleurs.

Lombard (Le grand). Barthélemy de la Scala, comme directeur suprême de la secte en Italie.

Louve. Figure de l'avidité, de l'ambition sanguinaire des pontifes, de leurs appétits charnels, dont la nourrice de Romulus devenait le symbole. Aussi l'Arioste ne manque-t-il pas de donner un loup pour monture à sa cruelle Ériphyle, une tête et des dents de loup à la bête sculptée sur le tombeau de Merlin ; et pourtant, à en croire M. Delécluze, l'Arioste, qui dédiait son *Roland furieux* au cardinal d'Este, aurait eu la prétention d'obtenir le chapeau rouge de Léon X, avec qui il avait été lié ; et dans cette *bête* aux oreilles d'âne, son intention aurait été de figurer l'hérésie de Luther. Tant s'en faut.

Lucie. Figure féminine de saint Jean, patron des Templiers, qu'elle reproduit encore sous forme d'aigle. Son nom, dérivé de *lux,* lumière, équivaut à révélation d'en haut ou à Apocalypse. A ce titre elle est le guide, le fanal et la protectrice de l'initié. *Pg.*, ix, xxix.

Lucifer. En opposition complète avec Lucie, quoique son nom ait la même racine ; personnification de l'auteur de tout mal, dans laquelle se résume l'esprit qui n'a cessé d'animer, selon le poëte, la longue succession des pontifes romains, cause de tous les crimes, de tous les désastres qui ont désolé l'humanité ; figure de la Papauté, pierre angulaire de la constitution sociale, telle qu'elle existait alors, *fondo a tutto l'universo;* couronnement de l'édifice séculaire que Dante ne craint pas de comparer à un moulin, à raison des fréquents changements de règne, *un mulin veder mi parve. E*, XXXI.

Lumière. Le dogme albigeois, lumière d'origine orientale, et l'enseignement qui le propageait.

Luxurieux. Les pécheurs charnels, ceux que des appétits terrestres ont fait, par faiblesse de cœur, renoncer aux biens célestes, et suivre les lois de la louve romaine, de Sémiramis, la prostituée de Babylone. *E.*, V. *Pg.*, XXV.

M.

Magiciens, Nécromans. Ceux qui ont commerce avec les démons sont les dignitaires de l'Église romaine, tandis que les bons enchanteurs appartiennent à l'Église albigeoise ; il en est de même pour les magiciennes et les fées, dans les Romans de chevalerie, comme dans le Tasse et l'Arioste qui s'en sont inspirés très-sciemment. Ces fées sont souvent obligées, par nécessité, de prendre la figure de *serpent,* autrement dit de revêtir l'apparence orthodoxe.

Mahomet. Masque destiné à déguiser Robert II de Naples, prince dévot et lettré, se plaisant à écrire des espèces d'homélies et d'instructions pieuses, déployant un grand zèle dans l'intérêt du Saint-Siége, et dont la politique tendait à jeter la division parmi les adversaires de Rome. *E.*, XXVIII.

Malacoda. Corso Donati, personnage influent parmi les Noirs, ayant la haute main sur la Seigneurie et sur les Syndics du parti, désigné sous ce nom parmi les démons, selon l'Anonyme, parce qu'il devait faire une mauvaise fin. *E.*, XXI.

Malebolge. Mauvais bouges, mauvais trous ou malesfosses, la ville de Rome et ses faubourgs. *E.*, XXIII.

Malesgriffes. Les Prieurs florentins et les Syndics des Noirs, désignés en commun sous ce nom diabolique, comme subissant également l'influence de Manno Branca, de la famille Doria, de Gênes, entré en charge pour six mois, en qualité de Podestat, le 16 février 1303. *E.*, XXI.

Manto. L'Église albigeoise, réduite à s'expatrier après la mort de Raymond Bérenger (Tirésias), lorsque Toulouse, la ville de Bacchus (Soleil-Vérité), fut réduite en esclavage par Gui de Montfort. On peut suivre pas à pas l'itinéraire des membres de cette Église dispersée à travers les Alpes, pour venir s'établir en Lombardie, dans le cours de tous ces petits ruisseaux, symboles de la doctrine, qui viennent se réunir à Benaco, puis se jeter dans le Pô.

L'Arioste n'a pas manqué de ressusciter dans son poëme cette même Manto sous la figure d'une fée bienfaisante réduite, à certaines époques, à ramper sous la figure d'un serpent, protégeant deux fidèles d'Amour contre un vieil époux avare et cruel, véritable fils de Sodome. *E.*, XX. La Griselidis de Boccace est encore une Manto.

Mal. Tout ce qui se rattache au catholicisme et à l'Église romaine.

Marcie. Femme de Caton d'Utique, symbolisant l'âme noble de l'initié, selon Dante *(Convito*, IV), attendu qu'après avoir appartenu à l'Hortensius pontifical, elle revient à Caton, dont la figure à la barbe grisonnante dissimule celle du dieu Amour; « nul, dit encore Dante, n'étant plus digne de représenter Dieu. »

Mardochée. Dante poussant Henri VII (Assuérus) à arracher le pouvoir à l'Aman romain. *Pg.*, XVII.

Marie. L'Église albigeoise, mère, fille, épouse du Messie impérial, portant dans ses flancs le fruit saint, réduite à le déposer sous les plus humbles abris, en s'en allant errante, de contrée en contrée, pour fuir les satellites de l'Hérode pontifical.

Martin IV. Pape français. Personnification de la gourmandise, à raison de son goût pour les matelotes d'anguilles. *Pg.*, XXIV.

Martyrs. Tous ceux qui avaient à souffrir par Rome pour la cause de l'hérésie.

Mathilde (la comtesse). Figure de la vie active de l'initié sous la forme catholique. *Voy.* Pluton et Proserpine.

Médée. Figure de l'Église catholique, magicienne perverse, mère dénaturée, employant les philtres et les enchantements pour en venir à ses fins et poussant la barbarie jusqu'à égorger ses propres enfants. On comprend dès lors que ces mots, *di Medea si fa vendetta* signifient, non pas que le Dieu des chrétiens se fait le vengeur de Médée, mais bien que Dante-Jason se venge à sa manière, par une vendetta poétique, de la Médée romaine. *E.*, XXXII.

Méduse. *Voy.* Gorgone.

Mer. L'ensemble des connaissances humaines enseignées par l'Église albigeoise, mer de doctrine.

Mer de verre (de l'Apocalypse). L'enseignement orthodoxe, stupéfiant et comme cristallisé par la routine. *E.*, XXXII.

Michol (femme de David). L'Église de Rome, épouse du pontife, élevé au rang de prince souverain par les artifices du langage, par la ruse et l'intrigue, *trescando; dispettosa e trista. Pg.*, X.

Midas. Philippe-le-Bel, non moins avide que le roi aux oreilles d'âne. *Pg.*, XX.

Minos. Ce grand juge infernal, qui siége *orribilmente* et qui *ringhia*, est très-probablement, et sauf examen, le bienheureux qui, le premier, reçut d'Innocent III, en l'année 1215, le titre d'inquisiteur général; d'où celui de *conoscitor delle peccata*. Il y a plus :

ringhia, qui signifie aujourd'hui grincer les dents, a dû être employé aussi dans le sens de haranguer, prêcher; autrement on n'aurait pas son dérivé dans *ringhiera*, journellement usité dans le sens de tribune, barreau, chaire (*voy.* Dict. d'Alberti). Nous recommandons cette vérification aux Académiciens de la Crusca. Rien de plus simple dès lors que Dante se soit servi du verbe *ringhiare* dans un double sens, en faisant allusion à des prédications furibondes, fulminées en grinçant les dents, et au double rôle de saint Dominique, jugeant et condamnant ceux que sa parole n'avait pas convertis. Ajoutez à cela que Frédéric Barberousse, le grand justicier impérial dans le Milanais, étant désigné sous le nom d'Eaque, ce collègue de Minos; il paraît assez naturel, d'après ce que nous connaissons des procédés antithétiques de Dante, qu'il ait voulu faire contraster avec lui le grand justicier pontifical, dans les pays de langue d'*oc*. Alors la queue de Minos, *mala coda*, serait l'ordre des prédicateurs, d'autant plus rigoureux qu'il allait se recrutant d'un plus grand nombre de membres, et s'enroulait ainsi sur lui-même en cercles étagés. Sa procédure expéditive serait exprimée dans ce vers : *Dicono, e odono, e poi son giù volte;* ils disent (dans la torture), entendent leur sentence et sont jetés aux bourreaux. Ces paroles de Minos : Songe à qui tu te fies, *Di cui tu ti fide*, signifieraient : Défie-toi de Boniface, songe que tu te livres à l'ennemi, en venant dans Rome, et ne t'abuse pas sur la facilité que tu trouves à y pénétrer, car tu auras à souffrir cruellement d'avoir quitté Florence, où tu ne rentreras plus. Ainsi Voltaire n'aurait pas eu le premier l'idée de loger en enfer le saint fondateur de l'Ordre des Prédicateurs, ce dont le grand railleur doit être bien mortifié là-bas. *E.*, v.

Minotaure. Philippe de Savoie, seigneur de Turin (en italien *Torino*, dont la racine est *toro*, taureau), qui s'intitulait prince d'Achaïe; sa trahison envers Henri VII, dont il déserta l'alliance pour celle du pape, est considérée comme le produit monstrueux de l'accouplement de la Pasiphaë romaine avec le taureau de Savoie. *E.*, xii.

Mort. L'Église catholique, sa foi, et tout ce qui s'y rattache, le catholicisme étant la mort de la raison et de l'intelligence.

Morts. Les chrétiens orthodoxes.

Mosquées. Les églises de Florence-Dité, peuplées de païens et de mécréants; cherchez dans tous les romans de chevalerie ceux qui sont désignés sous ce nom et vous reconnaîtrez, la plupart du temps, que ce ne sont ni des Turcs ni des Sarrazins.

Myrrha. Florence, dont le zèle ardent pour les intérêts du Saint-Siége est comparé à la passion incestueuse de la fille de Cynire, redoublant encore dans les embrassements paternels. *E.*, xxx. et Lettre de Dante à l'empereur Henri VII.

N.

Nature. Loi impériale, providence suprême, principe de tout bien, d'où dérive l'art d'Amour ou *gai savoir,* qui est ainsi comme le petit-fils du Dieu empereur, *a Dio quasi nipote;* art divin qui entretient le lien évangélique formé par la Nature, *lo vincol d'Amor, che fa Natura. E.*, xi.

Négligents. Les Gibelins affiliés auxquels le zèle avait manqué pour le triomphe de la secte.

Nembrod. Guido de la Torre, ou Gui de la Tour, très-influent alors à Milan, où sa famille était puissante, ayant été le premier à se révolter contre Henri VII, se réfugia à Florence, qui imita son exemple. De là le nom de Nembrod à l'un et celui de Babel à l'autre; la discorde et la confusion s'étant mises de ce moment dans les rangs gibelins. *E.*, xxxi.

Nessus. Préposé au supplice des tyrans, contre lesquels Dante n'a pas assez de flèches; il a droit, à ce titre, à toute sa sympathie, et de plus, pour s'être vengé mort, comme lui-même en se feignant *mort,* car il a appris de lui le parti qu'on pouvait tirer de la tunique orthodoxe, imprégnée du venin de l'hérésie. *E.*, xii.

Ninus. Le Christ, époux de l'Église, cette prostituée de Babylone, cette Sémiramis érigeant son bon plaisir en loi, dans le dogme de l'infaillibilité, et dont il est dit *che succedette a Nino.* Les Italiens appellent l'Enfant Jésus le *Bambino,* en abrégé *Nino. E.*, v.

Noblesse, *Nobiltà.* Apanage exclusif des initiés à l'Albigéisme, en opposition à *Viltà* et *Villania. Convito,* iv.

Nombres. Ayant chacun leur signification rituelle. Notamment *trois* et ses multiples, considérés, dans les rites occultes, comme ayant une vertu particulière, surtout *neuf,* nombre parfait, c'est pourquoi « *neuf* paraissait en toutes choses *ami* de Béatrice. » *Vit. nuova.*

Niobé. L'Église romaine, châtiée dans son orgueil, mère de *pierre,* dont les enfants sont de même changés en pierre, et que le Soleil-Raison transperce de ses flèches. *Pg.*, xii.

Nuit, Obscurité, Ténèbres. L'ignorance et l'erreur propagées systématiquement et entretenues par la politique romaine. Le règne de la Papauté, en opposition au Soleil-Raison, foyer de lumière.

Nymphes-Etoiles. Le premier nom signifiant, celles qui versent les eaux, il est tout simple que les sept vertus caractéristiques de la doctrine albigeoise, assimilée à l'eau vive, contribuant à la répandre, deviennent des Nymphes symboliques sur la terre, et qu'elles se transforment en Étoiles dans le ciel radieux du Temple, qu'elles contribuent à éclairer. *Pg.*, xxxi.

O.

Océan. L'ensemble des connaissances humaines, telles qu'elles étaient enseignées aux adeptes par les initiés, qui les introduisaient à la vie nouvelle. L'Océan correspondait avec le Ciel, autre figure de la science, dans son essence la plus élevée, auquel il renvoyait en vapeurs ce qu'il en recevait en pluie.

Occident. Contrée de ténèbres, d'ignorance et d'erreur, comme assujettie à la puissance pontificale.

Oreste et Pilade. Figure de l'amitié fraternelle des initiés, prêts à se sacrifier l'un pour l'autre, en opposition avec les Caïn guelfes, que leur instinct sanguinaire poussait sans cesse à égorger les Abel gibelins et albigeois. *Pg.*, XIII.

Orgueil. Ambition romaine, *Caligine del mondo* (*Pg.*, XI), dont l'Arioste a fait Caligorant, géant se nourrissant de la chair des hommes, des femmes et des enfants, qu'il prend, en se moquant d'eux, dans son filet invisible; personnifiée, en l'élevant au caractère épique, dans Rodomont, vêtu d'une peau de dragon, comme le *gran verme che il mondo fora*, ou *rode;* ravisseur, meurtrier d'Isabelle, la princesse de Galice, ou de Saint-Jacques, qui forme avec le chevalier écossais Zerbin un couple de fidèles d'Amour; combattu en vain par Berlinghieri, ou Raymond Bérenger, qu'il abat sous ses coups; attaquant le palais impérial par le fer et la flamme, et finissant par succomber sous le glaive vengeur de l'Achille impérial, l'ancien pupille de cet homme *pierre*, autre Vieux de la montagne, qui fait autant de *pierres* des créatures humaines, stupéfiées par ses incantations diaboliques et retenues par lui en esclavage.

Orient. La source de toute lumière, comme ayant donné naissance au premier empire universel et à la gnosis manichéenne.

Ourse (Grande-). *Voy.* Calisto et Chariot.

P.

Pain des Anges. La doctrine sectaire. *Convito*, I.

Palladium. Le pouvoir temporel appartenant exclusivement au monarque universel, à l'Empereur, en vertu du droit dérivant pour lui de Troie, droit passé aux Romains, héritiers d'Énée, et usurpé par les pontifes.

Palmiers. Les Templiers, comme ayant accompli le grand pèlerinage, dont on revenait avec les palmes de la nouvelle Jérusalem. *V.N.*

Panthère. Florence, mobile, cruelle, offrant dans ses murs l'aspect d'une mosaïque ou d'un pelage moucheté, à raison du mélange des Blancs et des Noirs.

Pasiphaé. La cour de Rome, se prostituant, comme la louve, à tous les animaux, dans la personne des princes et des rois, n'engendrant que des monstres, et faisant la honte de l'*époux*.

Parler (couvert, courtois, honnête, obscur, *clus, car*). Le langage symbolique des sectaires dans les pays de langue d'*Oc*, en Italie, en Allemagne, en Angleterre, en France, en Espagne.

Pélée. Henri VI, père de Frédéric II, cet Achille, dont la lance, tournée tantôt contre l'hérésie, tantôt contre l'Église, guérissait les blessures qu'une dure nécessité la forçait d'ouvrir, pour obéir aux pontifes menaçants. *E.*, XXXI.

Pèlerins. Les sectaires qui se rendaient d'Italie à Toulouse, sous prétexte de pèlerinage à Saint-Jacques de Compostelle, en Galice, pour s'y faire recevoir aux grades supérieurs ou pour conférer des intérêts de leurs coreligionnaires. *Vit. N.*

Peste. Le catholicisme, dont l'influence mortelle résulte de la corruption de l'atmosphère dans tous les lieux où s'étend la domination de Rome. *Conv.*, *E.*, XXIX.

Phaéton. La Papauté, inhabile à donner la lumière au monde, et fourvoyant le char du Soleil-Raison. *Pg.*, IV, XXIX.

Phalaris. Boniface VIII, dont les paroles *ébbre* ont valu à l'âme de Gui de Montefeltro d'être revêtue d'une enveloppe de flamme dans l'Enfer. *E*, XXVII.

Pharisiens. Les docteurs de l'Église orthodoxe.

Phèdre. L'Église romaine, épouse infidèle, calomniant ses fils innocents, afin de les faire mettre à mort.

Phlégéton. Symbole du fanatisme guelfe et des prédications furibondes des moines bénédictins et dominicains, parcourant les pays de langue d'*Oc* pour y convertir les hérétiques.

Phlégias. Charles de Valois, qui mit tout en feu dans Florence, et y causa la ruine du Temple du Soleil-Raison, c'est-à-dire, celle de l'Église sectaire que Dante était parvenu à y fonder, et qui, comme Ève, se laissa séduire par les promesses du serpent. *E.*, VIII.

Phœnix. Symbole de l'initié passant de la mort catholique à la vie albigeoise par la palingénésie sectaire.

Pia des Tolomei. Allusion probable à la primitive Église, lentement minée au milieu de l'air pestilentiel de Rome par le fait du pontife, qui l'épouse avec l'anneau. *Pg.*, V.

Pierre. L'Église de Rome, édifiée sur Pierre, désignée en conséquence sous le nom de *Madonna Pietra,* la pierre brute des Maçons, rocher, montagne, Atlas ou Atlant, etc.

Pierres. Les membres de l'Église orthodoxe, édifiée de pierres, et désignés par les mots *petrone, gran sasso, scoglio, petraja, Pietramala* et autres équivalents. Les *perrons* des Romans de chevalerie ne sont pas autre chose que des églises, *petroni* ou grandes pierres.

Pies. Les filles de Piérius, changées en pies, figure de l'indiscrétion de langage punie chez les initiés. *Pg.*, I.

Piété, Pitié, *Pietà*. L'Église romaine, *la Madonna Pietà* de la *Vita nuova*, comme étant par-dessus tout impie et impitoyable.

Pilate. Philippe-le-Bel. *Pg.*, XX.

Pisistrate. Opposé aux pontifes, qui punissent un crime dans l'amour. *Pg.*, XV.

Pluton (Plutus). Le grand pape Grégoire VII, ce redoutable Hildebrand qui fut le premier à proclamer la double suprématie des pontifes, celui que saint Pierre Damien appelait SAINT SATAN. En conséquence, le premier personnage infernal apparaissant après le grand juge Minos, pour proclamer la souveraineté sacerdotale de SATAN ROI (*Aleph*) ; signalé comme uni par des liens adultères avec la grande comtesse Mathilde, comparée à Proserpine. *E.*, VI, *Pg.*, XXVIII. *Voyez* ce nom.

Poissons. Signe céleste, symbole de la discrétion profonde recommandée dans les mystères. *E.*, X. *Pg.*, XXXII.

Polidore. L'Ordre du Temple immolé pour s'emparer de ses trésors par un autre Pygmalion. *E.*, XXX. *Pg.*, XX.

Polymnestor. Philippe-le-Bel égorgeant les Templiers, victimes innocentes de sa cupidité, comme Polidore de celle du tyran de la Chersonèse de Thrace.

Polyxène. L'Église albigeoise, épouse de Frédéric II, l'Achille de la secte, égorgée dans le Temple. *E.*, XXX.

Porte de Saint-Pierre. Tout à la fois, celle de Saint-Pierre au Vatican et celle de Florence, près de laquelle étaient situées les propriétés de Dante, ses *case*, près de celles de Vieri des Cerchi. *E.*, I.

Predella. Double allusion au siége percé sur lequel étaient placés les pontifes avant leur intronisation, et à la puissance temporelle usurpée par eux. *Pg.*, VI, XXXIII.

Printemps. Le moment où la secte, longtemps comprimée par l'hiver pontifical, commence à respirer, où une douce influence vivifie l'âme et le corps, où les oiseaux, chantres de l'amour, reprennent gaiement leurs chants, où le blanc bélier ramène l'époque des initiations.

Prodigues. Ceux qui abusaient du langage érotique et s'exposaient ainsi au danger d'en révéler le sens secret.

Progné. Changée en rossignol, figure de l'Église qui se *délecte à chanter* et n'en égorge pas moins ses enfants. *Pg.*, XVII.

Proserpine. La grande comtesse Mathilde, flétrie sous ce nom comme la concubine dévote du pape Grégoire VII, la femme adultère du Pluton monacal, qui proclama et fonda la double suprématie des pontifes romains. *Pg.*, XXVIII.

Prostituée (Grande). L'Église de Rome, l'Alcine de l'Arioste.

Provence. L'ancienne province par excellence des Romains, comprenant la Gaule narbonnaise, ayant conservé la civilisation antique sous le joug des Francs, et la première à réclamer contre l'Église les droits de la raison; de là cette foule de productions en prose et en vers qui la rendaient chère à Dante; de là la haine du poëte contre la maison d'Anjou, dont elle était devenue la *gran dote*.

Provenzan Salvani. Gibelin sectaire qui, rompant en visière au parti guelfe, auquel la contrainte l'avait réduit à se rallier, fit publiquement amende honorable de son apostasie. S'étant ainsi assuré le concours des Gibelins, il se mit à leur tête pour enlever le maréchal de Charles d'Anjou, afin de l'échanger contre son ami, et se fit tuer les armes à la main. Ainsi la quête qu'il fit en tremblant sur la place de Sienne fut une quête d'hommes. *Ott. C. Pg.*, xi.

Putiphar. La cour de Rome calomniant Dante, non moins innocent que Joseph. *E.*, xxx.

Pygmalion. Figure du tyran Philippe-le-Bel égorgeant les Templiers, comme le fut Sichée, pour s'emparer de leurs richesses. *Pg.*, xx.

Pyrame et Thisbé. Couple de fidèles d'Amour servant d'exemple à Dante, qui, en crainte de la Mort romaine, qu'il ose regarder en face, *riguardandola,* empourpre le beau fruit blanc qu'il a nommé Béatrice, pour lui donner la couleur guelfe, et le rougir comme la mûre imbibée du sang des deux amants. *Pg.*, xxvii, xxxiii.

Pythagoriciens. Nom sous lequel beaucoup de sectaires se déguisaient en Italie, comme sous celui d'Épicuriens.

R.

Rachel. Se confondant avec Béatrice, censée siéger près d'elle dans le Paradis, comme figure de la vie contemplative, dont elle est la forme biblique. Car la plupart des personnages de la *Comédie* ont des costumes et des rôles de rechange.

Rei. Les Guelfes orthodoxes, fils de la perverse Rhéa.

Rhea. L'Église romaine, d'après l'orthographe italienne *Rea,* qui signifie criminelle ou perverse, pour avoir engendré le Jupiter catholique lançant les foudres de l'excommunication. *E.*, xiv.

Rien, *Niente, Nulla.* Le pape, dont l'autorité usurpée n'avait pour base que le néant, en opposition à *Tutto,* l'Empereur, monarque légitime de l'univers, dont le droit résumait tout et faisait de lui le dieu Pan des sectaires. *E.*, xi. *Pg.*, iii, xvi.

Robert II d'Anjou. Damné sous le nom de Mahomet et sous celui d'Éphialte. *Voir* ces noms.

Roboam. Le pape Clément V, qui doit être abandonné par les tribus et réduit à fuir de Rome, pour n'en pas être chassé. *Pg.*, xii.

Romieux. Nom affecté aux sectaires qui faisaient le pèlerinage de Rome, sous prétexte d'aller y gagner les Indulgences, mais en réalité pour conférer avec leurs frères d'Italie. *Vit. N.* Schmidt, Hurter. Aussi Dante ne manque-t-il pas de personnifier dans le *Paradis*, VI, le peuple albigeois de la Provence, sous le nom de Romieu de Villeneuve, ou de la nouvelle Jérusalem; cet humble pèlerin à qui le comte, grandi par lui en puissance et en richesse, fut redevable de voir une couronne briller au front de chacune de ses quatre filles, et qu'il immola lâchement, aveugle Tirésias qu'il était, aux exigences des légats romains, *parole biece;* ce qui n'empêcha pas ce peuple généreux de se sacrifier pour lui lorsqu'il ouvrit les yeux, et de lui rendre *douze pour dix;* après quoi, il s'enfuit misérable en mendiant son pain, avec la triste Manto, jusqu'à ce qu'il trouvât dans les vallées des Alpes, puis dans les plaines de la Lombardie, un asile pour reposer sa tête.

Rose. L'Église albigeoise et sa doctrine, le Saint-Graal, le *Vase parfait* ou le Temple, transformé en fleur mystique, de là l'immense vogue du roman de Guillaume de Lorris, malgré les anathèmes de Gerson. A en croire M. Bouillet, « ce n'est que l'art d'aimer, sous forme allégorique ; » non pas ; mais bien l'*art d'Amour*, la *gaie science* qui, l'auteur le dit lui-même, « y est tout enclose. » Par malheur, aux 4,000 vers de l'auteur originaire, son continuateur en a ajouté 18,000 ; grave obstacle à la curiosité. Chose étrange, ce fut Philippe-le-Bel, le bourreau des Templiers, qui, n'y entendant pas autrement malice, invita Jehan de Meung à donner une suite au *Roman de la Rose.*

Roseaux. Figure des néophytes, plantes nouvelles.

Ruffiens. Ceux qui avaient trempé dans les intrigues et les manœuvres employées, dans l'intérêt guelfe, pour enlever des amis à l'Empire et à la secte, ou pour leur créer des ennemis ; considérés dès lors comme les vils entremetteurs de la grande prostituée.

S.

Saladin. Prince humain et éclairé, en opposition aux soudans de la Babylone romaine.

Salut. Mot employé dans sa double acception de salutation, de protection, de sauvegarde contre un danger. Béatrice érotique refuse le salut dans la *Vie nouvelle*, parce que son langage amoureux est devenu suspect ; elle donne le salut dans *la Comédie*, grâce à son langage théologique, à l'*humble* attitude qu'elle sait prendre ; elle devient la dame du *salut*, et vient en aide à *notre foi* albigeoise.

Satan aleppe. Le chef de l'Église romaine devenu prince souverain de Rome et des États pontificaux. *E.*, IV.

Saturne (Influence de). Glaciale de sa nature, et, par suite, symbolisant celle du catholicisme.

Saul. Figure de la Papauté réduite à se percer de ce glaive usurpé qu'elle a osé tourner contre le David impérial. *Pg.*, XII.

Scandale. La discorde et la division entre frères, à savoir : entre Gibelins sectaires et orthodoxes, entre Gibelins et Guelfes sectaires.

Schismatiques. Ceux qui semèrent la division dans les rangs de l'opposition anti-catholique.

Scorpion. Figure de la Papauté. *Pg.* IX, XVIII, XXV.

Sémiramis. La grande prostituée de Babylone, figure de l'Église de Rome poussant à leur ruine, *alla ruina,* les malheureux dont elle fait des *morts;* se posant comme investie de la succession de *Nino*, abréviation de *Bambino,* et se donnant pour son épouse, ce qui lui fournit un prétexte de se dire infaillible, *libito fe' licito in sua legge*. E. V.

Sennachérib. Figure du pape, qui doit s'attendre à être tué comme lui dans le temple, par ceux qu'il appelle ses fils. *Pg.*, XII.

Serpent. Dragon, couleuvre, reptiles en général, l'esprit du mal, tout ce qui est animé de l'esprit catholique ou en revêt extérieurement l'apparence.

Simoniaques. Les papes et le clergé romain. *E.*, XIX.

Sinon (Le Grec de Troie). Philippe de Savoie, s'intitulant prince d'Achaïe. *Voy.* Minotaure.

Sodome. Rome, digne pour l'impureté et la corruption d'être livrée au feu du ciel.

Sodomites. Les partisans exaltés du Saint-Siége, véritables suppôts de Sodome, prêts aux plus horribles méfaits pour faire preuve de zèle envers l'homme qu'ils adoraient, dont le bon plaisir était leur loi, et la parole infaillible à leurs yeux. *E.*, XV.

Sordello. Représentant du langage *clus* des troubadours, appliqué à la politique. *Pg.*, VI *et suiv.*

Stace. Représentant du langage érotique, ou sous forme amoureuse, des troubadours relevant de l'Église de Toulouse, la métropole, la Delphes de l'Albigéisme. *Pg.*, XXI *et suiv.*

Styx. Rivière de sang, tordue en forme d'arc à double courbe, *in arco torta;* le Tibre, qui dans son cours dessine assez régulièrement cette figure, la poignée s'étendant de Baschi au mont Giove. *E.*, XII.

T.

Templarisme. Les Templiers n'étant pas des docteurs, mais des guerriers, des hommes politiques et d'action ils avaient plutôt des opinions que des croyances. Or, ces opinions paraissent avoir survécu et triomphé dans les principes transmis d'âge en âge par la Franc-maçonnerie. Ils peuvent se résumer dans ce qu'on a appelé les conquêtes de 89, à savoir liberté de l'esprit, de la personne et des biens; mais à des principes abstraits le Templarisme avait senti le besoin d'adjoindre un véhicule capable d'entraîner l'imagination des masses, et il s'était allié l'Albigéisme dont il était la tête et le bras.

Thais. Masque de comédie, sous lequel Clément V est flagellé, pour avoir agi à l'égard de Henri VII comme la courtisane de ce nom avec le soldat, son amant, dans l'*Eunuque* de Térence. *E.*, XVIII.

Thèbes. Brescia, la première à se révolter contre l'empereur Henri VII, à la suggestion de Tibaldo Brissato. *Voy.* Capanée.

Thésée. Le comte Alexandre de Romena, repoussé par les Noirs lorsqu'il vint attaquer Florence-Dité à la tête des Blancs, trahi qu'il fut par ses alliés dans Florence, Centaures à la double poitrine. *E.*, IX, XII. *Pg.*, XXIV.

Thomiris. Figure des dames-hommes, de ces femmes viriles du Temple ayant mission de faire expier aux Cyrus sacerdotaux les flots de sang albigeois versé par leurs ordres.

Tirésias. Raymond Bérenger, dit le Vieux, longtemps aveuglé sur les intentions d'Innocent III, et montrant d'abord envers lui la faiblesse d'une femme, retrouvant enfin sa virilité, en faisant tuer le légat Pierre de Castelnau, puis en se révoltant contre ses successeurs Milone et Theudis, agissant sous la direction de l'abbé de Cîteaux, *serpenti avvolti. E.*, XXII.

Tolosie (Docteur en). Mot d'argot employé pour docteur en théologie, mais appliqué aux maîtres ès arts de Toulouse, qu'on appelait à Rome *tutta dolosa*, aux profès du *gai savoir*.

Tout, *Tutto.* L'Empereur, monarque universel, seul investi sur terre de la toute-puissance ; son autorité remontant de droit divin à l'empire oriental de Troie, passé aux Romains, dont le Fils de Dieu lui-même reconnut la *potestas*, le droit de haute justice, en subissant le jugement du préteur romain. *De Mon. Voy.* Rien.

U.

Ulysse. Masque sous lequel Dante se représente comme l'inséparable du Diomède Henri VII, brûlant de la même flamme d'amour, ou du même zèle religieux et politique, réduit comme le roi d'Ithaque à mener une vie errante, déjouant les enchantements de la Circé romaine, qui change les hommes en brutes, sourd aux séductions de la sirène pontificale, échappant aux noirs Lestrigons guelfes, bravant le Polyphème français, et finissant par se perdre pour son héros, *per lui perduto*, en cherchant à conduire ses frères à la paix et à la liberté, en faisant briller à leurs yeux le fanal de la raison, *dietro al sole*. *E.*, XXVI. *Pg.*, XIX.

Usuriers. Les banquiers de Florence, de Padoue et autres villes italiennes, dont les caisses fournirent les fonds nécessaires aux Guelfes pour soutenir la guerre contre Henri VII et pour soudoyer ses empoisonneurs; ayant attenté ainsi à l'art d'Amour, à la Nature dans l'intérêt de la Fortune, et s'étant rendus par là complices du crime de lèse-majesté au premier chef. *E.*, XVII.

V.

Valeur, *Valor.* Le souverain bien, le Dieu impérial d'où dérive tout ce qui *vaut*.

Vapeur, *alto Vapor.* L'influence suprême, la sagesse souveraine du monarque universel.

Vase parfait. Le Temple, la loge parfaite des purs, des parfaits ou Cathares. *Pg.*, XXV, XXXIII. Le Saint-Graal des romans du Cycle d'Arthus.

Veltro (Limier). Can de la Scala, chef suprême du grand-orient en Lombardie, dont le prénom prêtait à une double allusion, dans le sens de chien de chasse, limier, ennemi de la louve romaine, et dans le sens de Khan des Tartares; les Albigeois ou Cathares étant désignés aussi sous celui de Tartarins. *E.*, I.

Vénus (Céleste). En opposition à la Vénus terrestre, la prostituée de Babylone, Vénus-*Pronikè* ou *Pandémos*. Son étoile était celle des fidèles d'Amour, son ciel, celui de la rhétorique, c'est-à-dire de la symbolique adoptée dans la poésie amoureuse, mise en vogue par les troubadours de la langue d'*Oc*. Vénus se trouva détrônée par Béatrice, lorsque Dante substitua au langage érotique celui dont il fit usage dans *la Comédie*, ce nouveau style dont la théologie et le dogme lui fournirent les principaux éléments, et qui lui fit mieux qu'honneur, *m'ha fatto onore*, car il lui a valu cinq siècles de gloire incontestée.

Vent. Guerre, guerrier.

Vertu. Dans le sens de force et de puissance, que réunissaient les *dynameis* gnostiques.

Vie. La foi albigeoise, que l'on acquérait par l'initiation et qui était censée faire naître à une nouvelle vie.

Vieillard de l'Ida. Vieux de la montagne catholique, figure du gouvernement théocratique à la tête d'or, au pied d'argile, d'où dérivent tous les maux de la terre symbolisés par les fleuves infernaux. *E.*, XIV.

Vileté, *Villania*. Apanage du Guelfisme et de l'orthodoxie, en opposition à noblesse et à courtoisie.

Virgile. La philosophie rationnelle des anciens mystères poétisant l'idée monarchique, n'est autre que le Bolonais de Virgilio, l'ami de Dante, avec qui il fut en correspondance jusqu'à sa mort. Suscité, évoqué parmi les *morts* de Bologne par la foi sectaire, Érychthone *cruda*, il fut l'initiateur du poëte florentin au Templarisme ; aussi l'appelle-t-il son maître, son père, et ce fut son âme que le Bolonais eut mission d'arracher aux Noirs de Dité et à la cour de Rome, ce dernier cercle de Judas. *E.*, IX.

Vivants. Les membres de l'Église albigeoise, les affiliés à l'Ordre du Temple.

Z.

Zodiaque. L'ensemble des croyants orthodoxes, attendu qu'il représente une collection de brutes, comme le Capricorne, le Taureau, le Centaure, le Scorpion, etc., dont la plupart figurent dans l'Enfer. *Pg.*, IV. C'est en vain que le Soleil-Raison leur verse tour à tour sa lumière, une partie du globe reste toujours plongée dans les ténèbres.

La Cantique du Paradis attendant encore son commentaire, cette Clef est nécessairement incomplète. Nous n'avions pas d'ailleurs, en l'entreprenant, l'intention de colliger tout un dictionnaire. Les explications données ici se bornent à offrir comme un résumé de nos notes sur le poëme. Elles suffiront pour donner une idée du système antithétique de ce langage décevant, dont les images, comparables à celles du kaléïdoscope, ont produit une illusion qui s'est prolongée durant des siècles ; comme aussi des procédés à l'aide desquels il s'est approprié tant d'éléments disparates, puisés à des sources multiples, histoire sacrée et profane, mythologie, astronomie, physique, théologie, etc.

Nous serions bien surpris si cet essai de Vocabulaire ne facilitait pas aux incrédules, comme aux plus simples, l'intelligence d'hiéroglyphes restés non moins obscurs et mystérieux que ceux des papyrus et des temples de l'Égypte. Les Champollion ne sauraient donc manquer désormais à la *Comédie* et à tous les poëmes et romans composés sous la même inspiration.

Nous avons donné, en simple amateur, notre coup de pioche dans un riche terrain presque entièrement vierge, mal et incomplétement fouillé qu'il avait été jusqu'à présent. Si nous en avons fait jaillir quelques pépites révélatrices, c'est aux véritables archéologues, à ceux qui ont suivi les doctes leçons des professeurs de l'école des Chartes, qu'il appartient maintenant de s'employer fructueusement à la tâche et d'attaquer, en les suivant dans leurs nombreuses ramifications, les précieux filons qu'ils ne sauraient manquer de découvrir, tant dans les langues d'*oc*, d'*oïl* et de *si*, que dans celles d'*ia* et d'*yes;* toutes, en effet, on peut nous en croire, ont fourni leur contingent en rimes, ainsi qu'en prose de romans, à l'opposition anti-catholique du moyen âge, et toutes leur promettent des trésors ignorés.

Les découvertes qu'ils ne sauraient manquer d'y faire, venant d'autant, nous n'en doutons pas, à l'appui de ce qu'on a appelé notre système, peut-être nous relèveront-elles un peu dans l'esprit des savants, dont le journal, ne jugeant pas sans doute notre analyse préliminaire assez docte, n'a pas daigné lui accorder la moindre mention, en dépit des intentions bienveillantes que nous avait exprimées son honorable directeur.

Un ou deux savants en titre se seront interposés, peut-être, ne se doutant pas plus que les ignorants, qui croient tout savoir, que le livre dont quelques mots effarouchaient tant soit peu leur pudeur officielle, était composé d'éléments dont il y avait à tirer parti. La preuve en est qu'ils retrouveront tous ces éléments de preuves dédaignés dans le Commentaire dont il n'était que l'introduction, et dans la Clef qui les résume.

Or, cette Clef, nous les en prévenons, sous toutes réserves, est l'ébauche, encore incomplète, d'un passe-partout à l'aide duquel il sera possible d'obtenir accès dans maints sanctuaires, aujourd'hui fermés à leurs regards; dans celui de l'Arioste, par exemple, quand se présentera un éditeur de bonne volonté, pour notre traduction en vers, avec notes explicatives, de son *Roland furieux*, dédié intrépidement à un cardinal, qui traitait la chose de ..... vous savez bien.

Il n'y aurait rien d'étonnant même à ce qu'un beau jour, employant ce passe-partout avec un peu de dextérité, quelque fureteur, plus habile théologien que je ne me pique de l'être; à l'exemple de certain abbé, qui ne manquait jamais de saluer bien poliment le curé de Saint-Roch, dans la crainte qu'il ne vînt à lui dénicher son pauvre patron, arrivât à rendre plus ou moins suspects les gros livres de tel bienheureux docteur qu'aujourd'hui l'on ne lit plus guère.

Allons, messeigneurs, vous avez erré en pensée et en action; c'est le cas de s'amender. Ne jugeriez-vous pas à propos de faire un peu retour sur vous-mêmes? Vous avez soit académies, soit chaires, soit bibliothèques; vous êtes pensionnés, rentés, rétribués, émargés, hébergés, dotés; que sais-je? chacun de vous a au moins sa tribune dans quelque feuille ou recueil, et ses entrées où il lui plaît. Comment ne pas être satisfait de mérites si bien rémunérés? Que vous déploriez donc telles idées dont l'explosion a fait beaucoup de mal, et plus encore leur exploitation, cela est tout simple; que vous en détestiez les propagateurs, cela se conçoit. Aussi béniriez-vous la Nature, le jour où elle cesserait de produire de pareils animaux, *quando Natura lascierà l'arte di sì fatti animali.* Alors du moins pourrait-on se permettre de prononcer leur nom et de l'écrire en lettres moulées, comme celui des monstres antédiluviens.

Je m'associe de grand cœur à vos vœux sur ce point, et sans aucun égoïsme, je vous jure : mais il faut aider un peu la Nature, et commencer vous-mêmes par donner un bon exemple, en faisant acte de charité, *per ammendar*, excellent procédé pour attendrir les cœurs les plus gangrenés. Or, voici un conseil que je vous soumettrai en toute humilité.

Pour Dieu, messeigneurs, veuillez laisser aux pauvres gens, moins bien partagés que vous à tant d'égards, un peu de place au soleil; et si quelque chétif a la bonne chance de déterrer une pauvre petite perle dans la poussière des siècles, dans ce vieux fumier où vous êtes trop haut placés pour abaisser vos regards; criez qu'elle est fausse, c'est votre droit; affirmez qu'elle a été dérobée, que l'eau en est trouble, on vous le passera ; mais ne manœuvrez pas sournoisement pour la renfouir ou pour l'écraser sous votre talon.

Vous avez l'exemple de M. L. Delattre, qui a du bon; imitez-le. Lui du moins il parle, *parla,* comme Anthée, au bord du puits infernal, quoiqu'il ne soit peut-être pas un géant; il écrit même ou s'en flatte; le tout sans être lié, *non è legato,* si ce n'est aux puissants de l'ATHÆNEUM; autrement, malheur à moi! Car, s'il était légat, il pourrait devenir pape, et c'est pour le coup que M. H. Rigault, qui est une bonne âme et charitable, aurait juste sujet de trembler à mon endroit.

Mais le diable, dit-on, n'est pas toujours à la porte d'un pauvre homme, et peut-être ces deux volumes auront-ils plus de chance que leur aîné, peut-être qu'en voyant les simples arriver, après les avoir parcourus, à lire couramment *la Comédie,* les doctes qui « ruminent, tout en ayant l'ongle fendu, » se décideront à mettre leurs lunettes et parviendront à en distinguer nettement les lettres majuscules. Peut-être aussi cette Clef, qui n'est pas d'argent, d'or encore moins, *ne la bianca, ne la gialla,* contribuera-t-elle à nous ouvrir enfin accès près des hauts et puissants seigneurs, qui, dans la presse et ailleurs, fermant les yeux ou faisant la sourde oreille, nous ont laissé dédaigneusement jusqu'ici nous morfondre au seuil. Dans cet espoir, nous terminerons comme l'Anonyme, en nous écriant avec lui : *Amen, Deo gratias!*

PARIS. — IMPRIMERIE DE W. REMQUET ET Cie, RUE GARANCIÈRE, 5.

www.ingramcontent.com/pod-product-compliance
Lightning Source LLC
LaVergne TN
LVHW050501160826
845677LV00003B/881

* 9 7 8 2 3 2 9 6 6 0 7 9 0 *